孔林裏的駐校青蛙

孔林裏的駐校青蛙

何福仁詩集

匯智出版

目錄

愚公移山 1

情話 4

控告一株憤怒樹 6

冥王星的話 8

送別煤氣鼓 10

看書 12

躲在書櫃下自己的地方——懷念大花 14

給讀者 16

看法 18

鎗械的話 19

科幻年代 20

魔幻歲月 22

樂山大佛 24

寂寞的天使 26

橋塌——想起沈從文 28

速寫 30

蘇州 33

動物異托邦 34

石戀 36

我認錯 38

寓言 40

看不見的城市 42

鸚鵡的對答 43

冬天那一年 44

濟慈 45

時間辯證 48

祝英臺 50

梁山伯 52

暴風雨來時——向琉善（Lucian）致敬 54

給宙斯 57

泥灘上的月色 58

它對我微笑 60

三十三歲後足球嫌棄你了 62

2066 年 64

你站在我的窗外 66

駕崩 68

說文解詞 69

反情詩 70

我本來會飛翔 71

末日前醒來 72

孩子的禱告 74

敘事觀點 76

腳怨 77

弗蘭肯斯坦 78

第七個 80

隧道 82

做一頭長頸鹿就好 83

自稱 86

我是一隻不會走路的狗 88

看見蚊子 90

阿普在玩 lego 91

我和我的貓打賭 92

審判 94

蘇格拉底受審 95

辯證術 98

美國行十首 99

扮一塊石頭 112

孔林裏的駐校青蛙 114

九龍城碼頭 116

全巴黎最美麗的動物 118

我是一隻和氣的雞蛋 120

後記 123

愚公移山

甚麼時候他開門見山
不是一座，而是兩座，就橫亙在出口？

他揉揉眼睛，是上了年紀
才看清楚自己生活的地方？

難道一直走的是後門
獲得這樣那樣想當然的眷顧？

當年，每一座新樓落成
發展商不總是保證無敵海景麼？

兩座大山，難道
只是海市蜃樓？

抑或鄰居也是另一個愚公
要把門口的兩座山偷偷搬走？

難怪晚上老聽到挖泥的聲響
泥土落在床頭，身上，牙縫裏

以為只是噩夢，他也年輕過
不過長期埋頭挖土，再挺不直腰

當泥土真的要把他覆蓋
幸好兩個大力神相救

也不過是做好這份工作
大力神尷尬地說

嘴巴都是啤酒泡，通融一下吧
正在直播歐冠杯決賽

山嘛海嘛，只要天帝喜歡
隨時可以填平可以變走

愚公忽爾醒悟，甚麼意志呢
他也無非是一個古老的概念

說來悲哀，他也無非是一則遷拆
的故事，一個地產的項目

且不管一直在山上生活的居民
山上花草鳥獸的人文景觀

山是有靈性的，天帝難道忘了
祂曾經委派山神守護？

為了移山，小孫女投訴
拒絕了第六個男孩的約會

移山，小孫兒說

成為了永遠做不完的功課

至於大孫兒，不知為甚麼
扔下鋤頭跑了

第二天，當智叟走來準備開腔
他説：cut，不移山了，我們搬家就是

情話

剛才飛過的是甚麼？
是烏鴉
牠不是發出烏鴉的叫聲？

甚麼是烏鴉的叫聲呢？
牠不是自我介紹
鴉鴉鴉？

真有點像，你扮甚麼都有點像
可是，你真看見麼？
牠的羽毛，不是烏卒卒？

烏卒卒，就一定是烏鴉麼？
烏鴉，有時也並不發聲

牠不要發聲就不發聲了
那麼我們也不要發聲就是

天邊剛才一下亮光的，又是甚麼？
剛才亮光的，那麼一下，在銀河系裏
又算是甚麼呢？

我們又算是甚麼？

不算是甚麼，但日子
沒有彼此，要怎麼過？

控告一株憤怒樹

告票已經向你發出了
為甚麼用磚頭扔向執法人員
人類用手，你用腳
蹬開地面，翻起四圍保護你的磚塊
傷了兩個，第三個幸好閃開
從來沒見過那麼一株失常的樹
記住：你不過是一株樹
你也有腦袋，可生在泥土下
且守在一個固定的位置
自幼至長，由我們安排
別當這是你永久的地址
隨時可以把你連根拔起
另外遷移，或者不遷移
一把火燒了
你嫌石屎太多，泥土太少
好鳥不來？卻來了超市的貨車
不過是偶爾的挨擦碰撞
犯不着撒賴似的慘叫
你又不會淌血
你必須學會和平共處
和地產商，和旅行團
為了這城市，不要
長得太高，太多枝幹太多葉

乖乖的不要破壞景觀
要長得有分寸
要配合連鎖店的發展
做一株聽話的樹吧
我們就會在你的胸襟掛上獎章
塗上油膜，避免蟲蛀
你總可以分享充足的陽光
在沒有陰霾的日子
大量的水分，在七八月的颱風季節
人類是這樣演化的
我們可以，你有何難處？

冥王星的話

把我從行星裏剔除
但奇怪我何曾參加你們的派對
把我圈入你們觀天的深井裏
再然後當新的出現在你們
凝視的目光
就把我遺棄
多麼淺薄的知識系統
自稱弄懂了九十七個巴仙宇宙的起源
天曉得，那只是人類一百五十億光年
以外的視野，用你們粗暴的修辭
那是以自信作為電池的手電筒
向陰霾的天空亂照
承認自己的無知吧，那是祝福
但那是求知的起點而不是終結
坦白並不保證安全
你們真想認識我抑或其實只是想霸佔
真正的世界何曾有界線
也別當我是異見分子
我有我獨立的存在
我有我的生老病死
我拒絕你們的收編
別以為世界環繞你們運轉
地球瘋子才相信

自己的萬有魅力
你們想像的外星人
為甚麼還叫人呢
不能擺脫速即腐臭的皮囊
怎能宇航？只能呼吸氧氣
卻又怎麼搞得空氣愈來愈有毒？
你們搞爛了火星就逃到地球
搞爛了地球，又想回到火星去？
鄙視火星文
為甚麼還叫文呢
為一種潔癖的符號吵鬧
卻在製造難聽到死的噪音
還不是大爆炸以來的國族
殺人或者自殺的宗教？
神，如果真有，沒把你們放棄而是
你們寄居的銀河系外還有多少個星系
你們的，呸，算老幾？

送別煤氣鼓

忽爾捨不得你了
聽說你要走
你本來是我們的座標
跟外人約會
會説向上走是牛棚
向下走是碼頭
那還不容易找麼
已記不起你趾高氣揚地吐煙的樣子
那是多年前，令大家灰頭灰臉
近年呢你那麼乖乖地坐定
褪了油脂，變得輕巧
少了敵意，至少
再沒有製造污染
早當你是這社區的一分子
我把你披上綠紗的模樣拍下
就像身上長出了青草坪
拍照，當然並不等於把永恆留住
但我們知道，再揭開時
有人會運用魔法把你變走了
那是很厲害的魔法
可以令樓價上漲
住屋變小，可以兀地生出
一大座豪宅，屏風似的

孔林裏的駐校青蛙

擋住了小民，或者又多了一間
只招呼團客的茶樓
大字標明特准免稅
的巧克力、驅風油、面膜、名錶
門口可是牢牢關閉
對原住民一臉漠然
我已經開始懷念你了
我把你記下來，在我忘記你之前
因為這是個擅忘的城市
我們已經忘記了許多有特色的小店
許多親和的臉面

看書

我在看書，你在看我
你把我看成一本立體書麼？
甚麼樣的書？斷斷續續
你只看了三年，大部分都錯過了
可不要妄下斷語
或者這時候才最重要
一本書，那較後的幾篇
偵探小說，兇手這時候才出現
章回小說，叫這做晚節
不要寫壞了；你怎麼懂得呢
打開來，裏面好像有一堆字
沒有修辭，都還給了老師
你的眼睛不好，才出生就多了
一層障葉
醫了半年，好像看到了曙光
我呢，我歸咎是由於年紀大了
黑內障白內障
於是朦朦朧朧，彼此彼此
都佯作很努力的樣子
對着書本，好像小時在老師面前
一生，也不過如此
偶有錯別字，怎麼可能
都是恰當的用語？

一本這樣子的書
好歹有個名字
怎樣收結
讓我想想，也替我想想
看清楚了，原來你並不在看我
你打一下呵欠，伸一下懶腰

躲在書櫃下自己的地方
—— 懷念大花

我在書房的一排書櫃下
躲起來，櫃腳下有一條長板遮蔽
成為我自己更私隱的天地
寧靜、牢靠；每當有陌生人來訪。
但許多時候我也喜歡到這地方休憩
有時也懶理朋友的呼喚
這是我們之間的密約
他替我梳毛時
我一旦躲到書櫃下就不再追捕
說好了就得守諾
誰也不好破壞規矩
即使是異類。看來
只有人類才會拼命地工作
渾忘了時間的過去
我真的躲起來
沒有再出來
我的朋友如常生活，看書
櫃上後來貼上我年輕時的照片
小花偶爾會探頭進來
好像也有點失望
然後獸子那樣離開
不搗蛋時，牠是很乖的

牠也不再東蹦西跳
大尾巴不再掃落小盆栽
歲月生長在牠兩頰的鬍髭裏
像瓷磚那樣閉上眼睛
牠已成為了我的長輩

給讀者

如果燈熄了
時間是否就失去速度
可以把你留住？

只是再沒有光
在茫茫的漆黑裏流離
我們又會否發現彼此？

那只有八分二十秒的溫熱
也夠好了，雖然
那已經是我過去的樣子

當我們對望
過去和將來相遇
那是多麼的美妙

但假如，走累了
遇上甚麼的障礙
變成八年二十個月

你還會守待嗎，在這裏？
抑或是這樣那樣的閃失
我們互相錯過了

不是我的，當然
也不是你的錯
不用介懷，誰也不用改變

我們不過是這宇宙裏的微塵
誰也不重要，但那怕是微塵
曾經存在，也有自己的尊嚴

又譬如，你發覺這個我
原來並不符合你的期望
那怎麼好呢

你可以重新選擇過去
那是你的權利，你可以
重新塑造自己的將來

看法

我還在意你的看法麼
這是詩？

何況，這是關於詩的詩
我有時變成飛鳥
而你是樹林裏的一棵樹
在固定的位置
站着很自得的樣子
我偶然在你的樹枒歇歇
這時候，你大叫

你把飛鳥看成浮雲
把浮雲當是另　棵樹
的影子
影子倒影在樹旁的泥沼
而泥沼你大叫你發現了
人類在困境裏掙扎的
表現主義

鎗械的話

你是否瞄得準，打中對手
不用擔憂，反正我會忠誠
為你服務
我沒有鼻子
不會聞到血腥
我沒有耳朵
聽不到敵人的慘叫
可以說我也沒有眼睛
因為我只看見打擊的目標
我沒有妻子兒女
不需後顧
我沒有朋友，只有戰友
最重要的，我摸不着頭顱
沒有心臟
不會受是非對錯之類的困擾
我只有一個編號
出世紙說軍火商是我的父母
其實我也可以調轉鎗頭
完成任務，因為
我存在的意義就是殺戮
殺戮之前我不用祈禱
經過基因不斷改造
信我，我會越做越好

科幻時代

請示：一架民航在 5 分 40 秒後
飛入安全區
機上一位乘客的體溫出現異常狀況
動脈擴張，心跳加速
血壓 210，下壓 100
他長着鬍髭，見圖像
棕色皮膚
整夜瞪着手機
明知股票市場已經收市了
一小時內進出三次洗手間
兩次問服務員
時間，還有多少？
中東口音
補充資料：晚餐時他沒有選豬扒
現在只餘 5 分 20 秒
要否把飛機打下？
要否把飛機打下？

警報：有一隻蚊子躲在行李倉內
翻查檔案 3500 種，38 屬
那是新品種
見圖像，放大 100 倍
牠的體型比其他蚊子小

飛得更快，更輕

避過了安全過濾器

非人類探測機

不能證明是那位乘客帶來

但也不能證明不是他帶來

牠不停摩手擦足

可能攜帶了大殺傷的病毒

有一種聲響滴答

放大 1000 倍，像倒數

警報解除：已把飛機打下

恐襲成為了歷史

並且存檔

遺憾全機 249 人無一生還

由BB-38 善後：已自動分發慰問信

以及保險清單，保證了

我們這個浮城的安全

魔幻歲月

一隻烏龜拖着沉重的包袱
爬到馬路去
要參加馬拉松競賽
牠相信古老的寓言
兔子都奉行慢活主義

一隻兔子在鬧市裏
肆無忌憚地玩耍
以為樹木都砍去了
再沒有獵手笨得
守在高樓大廈旁邊

大廈旁面一隻隻參加旅行團
的老虎，早把吃角子老虎吃掉
領隊阿嬌在地產店前介紹筍盤
幾個團友坐在免稅正貨的藥妝店
用手機瞄準路邊
拖着紙皮的老婦

我已經六十九歲
不多久就可以領取生果金了
天降甘露，證明不是我向紙皮灑水
兒子快大學畢業

三十年後就貯夠了錢

支付首期，買一間三四百呎的房子

只要到時不再漲價

我雖然住劏房，可沒有拿綜援

我對生活充滿樂觀

別把我當是拖慢人類進步的烏龜好不好

樂山大佛

我見過你還俗的樣子
頭上生出雜草
身上長滿癬瘡
昆蟲在這裏聚居
塵埃，怎麼也揮不去
你看着腳下走過的農民
他們偶爾也抬起頭來
誰也沒有得道
歇歇腳，在你的腳趾上
然後努力工作
再下面是洶湧的江水
那些爭鬥，血和淚的歲月
都沖洗過去了
這是你的默禱
許多年後，你忽爾又重新剃度
這次，也不管你是否願意
面臉抹上胭脂，描上眼線
受命接待訪客
我幾乎認不出你來
你那長長的大耳朵
鎮日受喧嘩的轟炸
在數碼的鏡頭下
你瞪着眼睛，還可以看見甚麼

你腳下坐了幾個
導遊，也難得停下腳步
他們的煙屑撢落你的腳
你多麼想跺一下，説痛
下面仍然是洶湧的江水
倒映着你尷尬的軀殼

寂寞的天使

天使是寂寞的
在伊甸園裏
他很快活因為
沒有不快活的感覺

永恆的好天氣
盛開的千萬種花朵
鍍上了黃金
千百種雀鳥不倦地在唱歌
多麼悅耳啊
他早學會唱

但他感覺寂寞
他也不知道為甚麼

一天
他決定向上帝禱求：
多年來我負責通風報訊
無論警告污染、惡疾
地震、海嘯，抑或冰山融化，氣候劇變
主啊，你知道，我馬上就辦妥了
即使世界末日來臨
人類還是無動於衷

那可不是我的責任
我希望，我是說，讓我多一些額外的承擔
就是那麼一點點挑戰，也可以打發時光
永恆的時光

他還沒有開口，最高的智慧
已經讀出他的心意了：
那是你閒得發慌
但，加百利，你還能做些甚麼呢
對人類，本來是我的塑造
那就歌頌我吧

好啊，感謝上帝
他於是展開了偉大的工程
無日無夜不在沉吟歌頌的修辭
連囈語也在琢磨讚美的句子

可是過了不久
奇怪地，寂寞的天使
寂寞啊，仍然揮不去寂寞的感覺

橋塌
——想起沈從文

橋塌了，這噩耗你一定感到很難過
那不是翠翠認識的街渡
那麼原始、費力，也不保證安全
如今下面淹沒了好幾個
你熟悉的百姓
河上的山歌變成嚎啕
那原本清澈的湖水
倒映了喪失親人的淚
再寫下去，連我自己也覺得
是否太傷他悶透了
這豈是你的語調

年前在袁家界
驚歎那些挺拔鬱綠的山峰
來到鳳凰，老想着當年你的生活
城市不斷改變面貌
你的書也不斷改變封面
字體換了，但內容
絲毫沒變
你把美好的記憶留住
轉變，我說不清楚是好是壞
但我想你希望百姓的衣著再沒有補丁

替他們賺一點生活
又有甚麼不好？

學生在橋下、城頭畫素描
書攤裏每一本書總看見你的笑靨
一個書商還向我指點你的故居
他們用你來賣錢
卻沒興趣看你寫的東西
深奧、沉悶
寧願看普通話版的周星馳
說不定曾說你也不會介意
作家總不懂政治
更不懂經濟，塗塗抹抹
懷着對百姓的溫愛就夠了
還要形而上的甚麼？

回來後，我困惑了好一陣子
當屏幕上忽爾看到橋塌的慘象
是多年失修，是遊客太多？
而你，曾經在橋上走過

速寫

一、吳哥窟

你原來躲在一個個佛的
笑靨裏

難得一陣好風吹來
不再那麼酷熱
我旁邊的一個眨了一下眼
又裝出若無其事
再眨一下，人世
真的並無其事
不過在萬千張臉面裏
曾經看到了彼此

二、桂林

你比我纖瘦比我矮
梳了個平頭
很土氣，但神爽
你沒有靠攏其他同類
也沒有踮高腳
要突出自己
而且，腳下還有那麼一面鏡子

別讓它污染了
讓大家都來照照

三、泰山

你光明正直的形象很可怕
當我拾級而上
就怪自己為甚麼要來
我又不是你的善信
為了膜拜

他們在你身上寫文章
其實是裝飾自己
以你巍峨的高度
說穿了，也不過是平原上比較高
由泥土一層層堆疊
還有更高的山更多的雲海
更斑斕的色彩

你當然看過茫茫的大海
知道諸多造作
不過是海市蜃樓

日頭出來才到你的半腰
就聽到幾頭鳥的怪叫
是迷了路，飛不出山咒？
又來了，你以為這是對你的頌歌
放手吧，放下纍纍的石頭

四、張家界

是女媧麼？完成了補天的工作
累了，也不打掃
撒落點點的碎屑
下面的樹木馬上接收了
為它們披上衣裳
真是傑作，只有晚上
才看到你用星星做的補丁

蘇州

不說話，是為了表現文靜優雅？
我可不是第一天認識你
溫柔脆軟的腔調
把人融化，說來聽聽好嗎？
你如果喜歡A小姐的大衣
我或者買得起
喜歡鑽石寶玉
真的，我還沒有能力
假的，又何必委屈自己
你本來樸素的樣子
像我第一次見你時那樣
不是很美嗎？配合這裏的環境
又何必把頭髮染金
指甲塗紅？
冷得刺骨的天氣
上身包實裹蒸粽
可下身短褲，裸露兩枚玉蜀黍
難怪整個冬天你都在鬧傷風
說一句話好嗎？
我老遠從唐山回來
腰骨還有點痠痛呢
你嘟起嘴
怎麼臉上都長出了青苔？

動物異托邦

隔幾座籠子的兩個瘋子每天早晨總在呱呱叫
不會早不會遲，像上了發條
方圓十里都可以聽見
是宣揚這是朕的地盤吧
還不過是一個籠子

後來，忽爾就靜了
大家都樂得清靜
對面的幾個大頭我第一次看見他們咧咀笑了
露出喪屍似的利牙
我寧願他們原來像哲學家的樣子

第三天我因此醒晚了
反正我只能吃一頓brunch
然後我又沉沉睡去了
太陽很猛烈，天氣很悶熱
今天沒有學生向我們扮鬼臉

第四天，鄰居的一群發臭的小丑
開始用尾巴掩藏着交頭接耳
餓得再無力抗議
還是改善了待遇
還是，死了？

第五天，我已經習慣早上的寧靜
很好，據說他們瀕臨絕滅
可誰又不是？你又不是人類
我只懷念故鄉高大的樹木
媽媽偶爾為我們掰開一個榴槤

第六天，這是我所能數的數字
這以後，連上帝也休息去了
我攀到籠頂去，看見
遠處新來的長頸把頭縮進兩腿
塘邊的大尾，從洪荒時代就流着淚

還有那位表演芙蓉出水的大明星
死翹翹地在浴池裏喘氣
不停喊胃痛，埋怨
傍晚又要加班
誰叫你太落力，最受人類歡迎？

石戀

我的朋友不再跟人說話了
他變成一塊會留言的石頭
叫我獃子那樣對它自說自話
午飯時他總在把玩
輕輕拭撫，用食指點打
再親熱地放到耳邊
好吃的話，尤其在外旅遊
先讓石頭舔一下
石頭成為了他的枕頭
聆聽他的囈語
分享他的夢想
築起一堵堵石牆，像安全網
夜空裏石頭着了魔地閃閃發光
熱戀到天亮
你以為這是我的猜想
錯了，這是為甚麼我要跟他分開
我寧願他愛上自己的同類
一早起來他就用石頭洗臉、擦牙
用石頭方便
回到辦公室，就拿起同樣的一塊石頭
跟前面四五行的另一塊石頭
漂出水花；據說
人類是這樣石化的

經過基因異變
從互相交換石頭
的密碼
到在石頭教堂裏
對着石頭宣誓：
我愛你我愛你
我只愛你一個
我最怕其他人打岔

石
戀

我認錯

前天和鄰家的小狗扭打咬了牠一口
人狗不同科
我認錯

大前天偷偷地扯了班長小娟的辮子一下
害得她呱呱大叫
我認錯

上星期六拎了文仔的牛皮櫼杈
換上斷了的一副
我認錯

上星期一抄了小王志雄小娟的功課
誰也不敢拒絕我
我認錯

上星期四放了一隻野蛙在老師的座櫃裏
揭開，她和野蛙一起發瘋地蹬跺
我認錯

再上星期我忘了
反正是歹事糗事你告訴我
我認錯

天生我行為不檢破壞課室安寧
我反社會
我認錯

我參加了認錯集團
這是唯一錯不了的事
我拒絕，認錯

寓言

國王忽然對偉大的私房菜食不下嚥
建築師為他造了增強版的宮殿
美容師改高了所有妃嬪的鼻子
稅務官為他運用智能榨汁機收稅
周邊的蝦毛小國都來朝貢
太久了沒有仗打
高而富場上，將軍連續打了三個小鳥
當然，國王已經打了五個老鷹
打了三個的一位，退出了
因為被其中一個球打中
國王受到所有媒體的頌歌
他的雕像豎立在每一個省市村莊
照片也掛遍了所有的廁所
在他生日的一天
全國人民可以放下一小時工作
為他合唱快樂生辰歌
他讓大家記起吃蛋糕的味道
然而，奇怪地
他面對天天變換的私房菜發愁
再提不起上網的興趣
並且開始失眠
八字的眉頭
中間坑下了一度深溝

國王病了麼？

御醫們看了又看

總看不出病來

眾謀臣為此開了五十天的會議

召集了全國各種專家

監謗的主管讀出左右總理之間的唇語：

看來無可救藥

已經砍了三十個專家的頭

最後，誰也不敢向他報告

只有一個弄臣無意中擠出一個笑話：

星期天竟然有人斗膽集會示威

一個鼠輩組織在偷派傳單

最大的發現是

出現了幾個十二三歲的賣國賊

哈哈！國王聽了狂笑

從床上跳下來

吐出憋了好幾年的烏氣

精神抖擻

他恢復了大魚大肉的胃口

看不見的城市

那些人沒有鼻子
沒有咀巴也沒有下顎
只留下道路以目
所以認得回家的路
並且演化了特別敏銳的直覺

看不見樹木
看不見樓房
一個能見度 200 米的城市
大叔都戒了煙
大媽不再在車站旁扮演青蛙

都快點回家
一個被自行車撞倒的少年
在撿拾散落的器官
一個女孩愛死了她艷彩的口罩
她在口罩比賽裏奪冠

　　一個外星族來訪
　　誤降在一個不停吐着濃煙的煙囪
　　弄得灰頭灰臉，甚麼都看不見
　　不是說他們要靠氧氣生存？
　　他向外太空發出求救訊號

鸚鵡的對答

一天辦公的時間
在堆疊的文件間聽到
一頭鸚鵡向另一頭鸚鵡說話：
是，是，是，……
這一頭不住地點頭而那一頭
也不住地點頭
對，對，對，……

我左右左右觀看
兩頭變成了一頭
自己跟自己對答：
是，是，是，……
對，對，對，……
然後看見老闆也不完全滿意地走開了

冬天那一年

我記得那一年的冬天
居然下了三天的雨
雨停了
你的傷風仍然沒有好起來
直到一點點的陽光
從光禿的樹梢灑落
照着你還紅着的鼻子

雨停了，丁丁咚咚的
餘滴落在回過頭的眸子裏
出門要加衣，小心路滑
要是雨直下到天荒地老
下到只有你紅紅的
沒有消失的鼻子

那麼晴暖的日子
不過是，稍稍延遲
你好快就嗅到新生的嫩葉

濟慈

你在那個世界睡去
在這個世界
醒來，你清純的臉

善感的詩句
逃過了更多的疾病
衰老仇恨和別離

更難以呼吸的空氣
(這世界
是否變得越來越不適合人類？)

911 後，你成為恐怖分子
運用自殺式的修辭
偽裝愛情、星宿、雲霞

把炸藥藏在一隻古希臘的泥甕
在一棵其實不知名的樹下
轟開這個乏味的世代

然後化為水的隱喻
流亡到了異國
躲進一個異見者的墳墓裏

凡海關都有你 3D 的影像，修復了
你仍是最危險的刺客
因為你看來那麼柔弱，最沒有殺傷力

混在人群裏，用非法的通行證
散播流言，挑撥感性
到處發現你餘黨的印跡

操不同的腔調，已再沒有牢靠的語言？
他們查察、考掘，用各種新科技
把你套進智能測謊機，各種洶湧

而你害怕來不及追摹的思潮
來不及描述不斷變幻的政治
奧斯威辛的集中營，已化整為零

還可以寫詩？如果年輕時沒有死去
如果你仍然堅持要寫密碼似的東西
詩人，如果你不怕祖家的惡評

不怕失去國籍，游走在不同的網絡
經歷各種誤讀的折磨，顛倒了倫常
跟各種矛盾的經驗對抗

那就是代價，在那裏
美和醜，真與假相遇
撞擊出另一個勇敢的新世界

你從這樣的世界蘇醒，以為是幻影
是夢境，多年來一直聽到你
抖顫的聲音，那種疑惑不安

的聲音，來自不可言說的敬畏
每一代人寫詩，像重新發現荷馬
總泳入你的，其他人的，瞳孔裏

濟
慈

時間辯證

時間有時也忘記了時間
它們本來是一對孿生
卻一直看不起對方

一個自以為出生得早些
　　另一個拒絕出生得較遲
一個自許是永生不死的戰士
　　另一個鬆鬆肩，敵人只是自己
每次，一個接收一個嬰兒
　　另一個就同時送走一個長者
一個哭，另一個笑
　　一個走來，另一個走開了
今年的桃花取代了去年的桃花
　　春風依舊，不，落在身上的是秋雨
小情人，住進了安老院
　　它治癒你的傷口，可留下撕裂的傷痛
記憶總是甜的，也有的是苦
　　當兩者廝磨，變成另一維度的酸
它很乖，要是不搗蛋
　　它是所有人的老師，卻會殺死所有的學生
它評審一切，卻偷偷地參賽
　　今晨，因豐盛的早餐錯過了早班的車
其實呢，這是最後的一班，它把你甩掉

財富、權勢，到頭來都是你的
你只是不屬於你自己
　　它存在，分明就現身在你的眼前
醒醒吧，當你說現在已成永恆的過去
　　這是天地的奧秘是最深邃偉大
的設計，是難以言說的敬畏
　　你崇拜你自己創造的神
它誕生了宇宙，卻渾忘了收結
　　你不是過客而是主人
哈，這是離地的自我膨脹
　　講和吧，終有一天，我和你相遇
好的，這一次，一切合上
　　我們相失相忘

祝英臺

你的後身是蝴蝶
與他的前身相遇
是他遲到了還是你提早掙脫
蠶繭的幽閉症，追求
何嘗有過的自由？
你忽男忽女
搞亂了界別
一場遊戲罷了，何必
變成玩命
塵世憂患，源自讀書求知
要麼妄想成為青年導師
帶領一群書獃子
子曰詩云唸唸有詞
要麼令你質疑
祖傳的遺訓
父母之命三從四德
父老鄉親國家民族
是否想得太多了
做一對鄉愿男耕女織
或者，管他姓牛姓馬
少奶奶的日子
平日打打麻將
追追電視劇

參加郵輪的旅行團
豈不幸福
可你情願做蝴蝶
苦等另一隻智障
戇直、懦弱
這是天下男性的通病
但無關歧視，你可曾弄清楚
他的性取向
多少癡男怨女因了解而分開
你呢，浪漫到了毫巔就夭亡？

梁山伯

我還是懷念在校讀書的日子
即使要考這樣那樣的試
還有功課、習字
沒完沒了的背書
老師，那位秀才村夫子
瞌睡時被我們在臉上塗成鬼臉
結果罰抄論語三遍
有朋自遠方來，不亦說乎

然後你輕聲的告訴我
你原來是男校女生哦
其實呢，我聳聳肩
這、又有甚麼關係？
倘認定我是智障
又是否太緊張性界別？
倘是一棵連理樹
誰會在意雄雌？

人生樂短
是否可以超越情愛？
如果拒絕扮演固定的角色
修改了舊故事
大男人的評論家就會引古經據洋典

不說是性壓抑
就斷定是同性戀？
這問題多少困惑讀書人三數十年

我只想了三天，因此
遲了到訪祝家村，遲了就是
人的幸福，為甚麼要聽令一隻鐘錶
抱歉傷盡天下有情人脆弱的心靈
沒有成藥可以治療心病
在幽蔽的泥土下原也靜安
何必要我們蛻變成漂亮
卻更脆弱的蝴蝶？

梁
山
伯

暴風雨來時
——向琉善（Lucian）致敬

暴風雨來時，我們躲進巨鯨肚裏
那裏有泥沙浮草積成的大小島嶼
好幾個淡水湖泊
還長出疏菜，沒有農藥
我們在那裏鑽木生火
蒸鮮美的魚蝦
我們努力耕作
種出稻米
葡萄樹長高了，可以釀酒
要求不高的話
總可以安居
一群小鳥在樹上築巢
避開了外面的大鳥
當鯨魚張口
我們看見滄海
浮雲，落日
當鯨魚完全閉嘴
就當是夜幕低垂
誰還在意精確地數算日子？
我們讓巨鯨分享胡瓜魚、鱈魚
中和牠的胃酸
暫住移動的房子

總不能事事滿意
有些同伴想離開
更多的留了下來
離開的轉眼就回來
外面，不是更顛簸？
巨鯨是一艘大郵輪
一個異托邦
有連接海洋的泳池
又可以向魚心探險
可以繪畫，用魚骨做工具
還可以舉行年度歌手選舉
最動人的，原來就是鯨類
牠自己飄泊重洋
歌聲傳到重洋之外
又傳回來，那是深邃的孤寂
聽眾都聽得想哭
想到一輩子流離，想到錯失的愛
錯失多年，我們又重逢了
如果是夢，但願不再醒來
夢裏她一點沒變
大概是空氣清新
沒受人事糾葛的折磨
她的雙腳長出了蹼
多漂亮的蹼，過去
她會為出外配搭鞋子而發愁
我呢，她認不出我
我不再打領帶，不刮鬍子
不記得過去了多少歲月

但認出來也無話可說了
畢竟她一直在鯨內而我
在鯨外，但恨何不一早出海
唯一失望的是，海浪只送來一兩本書
沒有送一個圖書館進來
後來想想有些習慣必須戒除
不上網，不再看無聊的吵嘴
沒有手機，沒有臉書
有臉的書原來早落伍了
也好，要說話就彼此晤對
當然沒有沉悶的選舉
巨鯨要游到哪裏就游到哪裏
魚腸是一個墳場
成為鯨客的永久居所
想想誰又能夠長佔甚麼？
好歹是一次奇妙的旅程
希望巨鯨一直受大海的蔭護
躲過捕鯨人的毒手
牠們，不是也瀕臨絕滅麼？

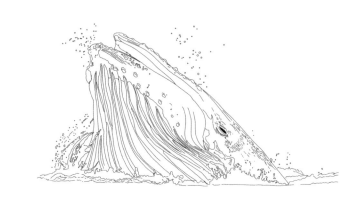

給宙斯

他們說你把島嶼帶走了
放進你其中的一個口袋
怎麼好呢？你不能像拎走一件家具
而不管生活在那裏的人類
那些人類，不過是要呼吸氧氣
偶爾要求加一點餸菜
再有兩三個頑童鬧事
不做功課，不守規矩
就當是想吸引成人的注意
有甚麼大不了，你們
得道前不也是這樣麼？
是哪一個神衹在搬弄是非
是哪一個土地把蒜皮放大
想邀功取媚？那裏的
人類已懂得鑽木取火
學會畫符記事了
難道要他們永受咒詛
一直飄泊，一直鬧事下去
誰也不得安睡？

泥灘上的月色

一片月色擱淺在泥灘上
那麼恬靜、自若
沒有掙扎起來、掃落泥斑的意思
一隻蜻蜓看得呆了
在盤算是否要拯救這一片
華光，要是月亮不知道
這是陷阱
世界難道就這樣完結
要怎樣告訴她世途險惡
要怎樣，送她回到天上
輕盈盈的，她看來沒有心肝
卻也藏起一叢芭蕉
幾葉羊尾蕓
想得蜻頭也痛了
後面霍的撲出一頭野貓
把他啃去

它對我微笑

它對我微笑，在大堆白白胖胖
卻石頭似的麵粉糰之間
只有它朝氣勃勃，拒絕
硬邦邦又不肯軟綿綿
天地剛好成型，才呼出一口氣
就鎖閉在玻璃的牢獄裏
卻細聲地喊：放我出來
放我，閃耀着一雙提子的大眼睛
坦露若干果仁的核心
好像還帶了點點花粉
我路過，很久沒有聽到那種呼喚
它喚醒了我沉睡的耳朵
我失去的鼻子
我重新找回食物的味道
它微笑向我示意，放我
把我帶走啊
幾分媚惑
又幾分矜持

當我離開店舖
它一定失望透頂了
我充滿歉疚
而我必須全力抗拒

不要把鍾愛的東西
放進肚子裏

三十三歲後足球嫌棄你了

三十三歲後足球嫌棄你了
避開你，放你飛機
你走進一個沒有觀眾的球場
You finally walk alone
七萬雙眼睛搬走了龍門
它，你的前度
看上了一個十九歲
比你高大，比你跑得快
纏着他，拜在他足下
恬不知恥地
扭來擰去
令人瘋狂
那小子，曾經替你抹鞋
替你遞水
你摸摸他的頭
叫他別怯場，加油
如今他取代了你的位置
穿了你本來號碼的球衣
你在後備席上，成為他的觀眾
當教練叫你熱身
原來已經接近完場
可以補時多兩分鐘嗎？
人生，可以重賽嗎？

VAR，可以重播每一場？
重播我的黃金歲月？
連球證也不幫你
觀眾裏有人大叫：
別阻着皮球轉！
難道要轉到
美職的元老俱樂部，還是
瘋狂的中超？
你變成了人球
在球海裏被踢來踢去
免費借去又借來
你在喧嘩的更衣室內
贏了輸了
你彷彿並不在場

有那麼的一天
無論政客
或者小丑
當他們再不能逗笑
失去了票房
在任何的職場
當沒有了能量
七癆八傷
試想想，怎麼體面地
離場，學習另一種生活
別再指指點點，纏在網上
踢好最後的一場
你為自己主辦的
告別賽

2066 年

2066 那一年再沒有壞人
因為被好人刪除了
地球像個發了瘋的汽球
一味自我膨脹
終於噓的一聲
破了
飛到老遠老遠
宇宙遺忘了的角落
那，到底在甚麼地方？
放心，那時候
再沒有人會這樣發問
那時候甚麼都沒有了
沒有人指責你的想法
不正確，不科學
因為沒有人
沒有甚麼也沒有
我們曾經追問這回事
怎麼開始
轟隆一聲所有甚麼
都啞了
到了 2066 年
美好或不美好的的預言
一律實現

地球再沒有人類居住

我從噩夢裏醒來
必須承認我沒有
好好地調整
換一個腦袋安裝一個智能心臟
學習在失氧之下生存
絕對服從指示
自由必須重新定義
因為 2066 年
當我告訴我的小貓
末日下一刻就到了
牠伸伸懶腰
梳理自己的尾巴
坐在窗前看着窗外
好一片殘餘的紅霞
也許我也該坐到窗前
因為很快就再沒有雀鳥飛過了
也許我要趕快忘記
2066 年
那麼一個數字

你站在我的窗外

你站在我的窗外曬衣架上
當我看你，你也側着頭
看我在窗內

你是上周到來的同一訪客麼？
你在梳理羽翼
時而翻起了底層的嫩毛

咕嚕咕嚕，你這樣答我
我放在架上的麥片
是你吃了，還是被雨水

咕嚕咕嚕，我再取來
我們可是由同一種食物養育
有想過互換一下位置？

牢守一個位置是多麼乏味呢
窗外和窗內
可是不同的景致啊

我想飛到朋友的窗前
看看朋友正在做些甚麼
你呢，請進來瞄瞄異類的生活

怎麼，你飛走了
歡迎你再來，打聲招呼也好
你是朋友的化身麼？

駕崩

皇帝穿上了新衣
走進了歷史博物館
他其中一位情婦
成為導賞員
情婦的情人
成為侍衛

說文解詞

忘記這個詞我總學不好
先叫人忘了又要記住
到底還是不了了之
把苦痛排除，讓不該留下的
除去，或者隱藏起來
只牢守開初的一個字
這個字，動用了所有的心力
變了就是變了
背棄了諾言

世情就是這樣顛倒
為甚麼不叫記忘呢
最初的日子，還有些溫熱
我們是記得的
終於，誰又經不起波折
心死了

反情詩

不是不愛你
而是愛到頭來就成為一個抽象名詞
浪漫到了毫巔就是柴米油鹽
王子與公主
永遠在開始的時候就終結
多麼感人的故事
抹乾了眼淚和鼻涕
又是朗晴的一天
又重新戀情
春花秋月
簷前的水滴
三十四度攝氏下想像的風雪
愁牽衣袂的柳絲
在等人的帆船
和你分享的搖曳的燭光
然後，我們泣別
期待在另一個劇場裏另一次團圓
而每一次，親愛的
指天發誓
總是挑戰
我總充滿誠意

我本來會飛翔

我身上本來長着翅膀
可是證件電腦手提電話
還有超重的名銜
加上要分期付款
的樓宇
結果再飛不起來

晚上，我總在點算
抽屜裏
羽毛的狀況
叫我不要完全忘記
飛翔的夢想，成為了
年輕時嘲笑的對象

末日前醒來

今早醒來看見那個老太陽仍然懸掛在天上
太好了，我知道它還有一些時間
夠我吃完早餐
才離開人類
也許還可以讀幾行何先生的詩句
我始終弄不懂知性感性的甚麼
然後想到弄不懂
又有甚麼關係
一生就做着這等無聊的瑣碎
這就一生了麼？詩人
曾經多麼渴望拯救人類
不要讓這個世界爛下去
一個很久很久以前
曾經非常非常美麗的世界
但上面的人一直在爭鬥
直鬥到昆蟲絕滅
冰川融化
末日提早降臨
仍然在互相誘過
又重新軍事競賽
詩人啊，能夠做些甚麼？
呼喚我的花貓不來
在餘溫裏

牠已經躲進休眠倉
開始漫長的酣睡

孩子的禱告

我昨晚到過天堂
那裏有些有趣的人物
像那位住在阿西西的神父
他窮得像叫化
但會和雀鳥說話、唱歌
可是沒趣的,更多
像班裏的那個富三代
發脾氣的時候就咒人下地獄
他看來肯定會上天堂
他目前就生活在天堂
我想,天堂和地獄
都不是我想到的地方
我除了偶然遲交功課
並沒犯大的過
應該不會下地獄
至少目前還輪不到我
將來,我可不知道啊
總不至於殺人放火
至於天堂
我肯定不符合資格
我大概生下來就有點貪婪
只想吃好住好
不用再住劏房

夢囈時吐露了對美麗老師的愛慕

最糟糕的可能是

爸媽從沒帶我去教堂

他們分居兩年了

我怎麼知道誰對誰錯

我平日不祈禱

只有這一次

我忽然想問問

上帝老師在創造世界之前

在忙些甚麼？好像也有人問過

可從沒有答案。或者

在創造世界之後

就真的不再工作

作者變成了觀眾

就看世界是進步步，還是退步步？

是好人多還是壞人多？

大不了另做一個

讓冰川融化、地震、環境污染

還不容易麼

難道你也在試錯？

好人和壞人

難道沒有第三種？

巧克力和臭豆腐

可否多一些選擇？

天堂與地獄

能否多添置不同的一個？

敍事觀點

他用第一身寫他的偶像
用第二身做自己的評論
他還有全知的觀點
化身在芸芸讀者的讚語之中

腳怨

買了新鞋
頭尖，身長，很漂亮
但擠腳
是路太曲折
抑或它們就是喜歡抱怨
其他人也是這樣穿啊
為甚麼不可以將就
調整一下立場？
腳可是對我搖它們的頭
我們這一雙，其實也是
從你的身上生長
你對痛楚已經失去知覺？
是鞋子走路，還是腳？
把我們削了，削了
就走得更舒暢
走出平坦的大道？

弗蘭肯斯坦

他不是弗蘭肯斯坦
但他會做機械人
最初，他做了一個阿當
然後他從阿當身上
掏出一個零件
做了夏娃
本來完美的阿當
就變得不那麼完整了
阿當的脾氣不再那麼好
壓力一來，就挺不直腰
總以為這是夏娃欠了他的
欠你甚麼呢？夏娃問
阿當可是支支吾吾
說了豈不是暴露了自己的缺點
於是這許多年來
阿當顧右左而言
阿當只會抱怨

阿當甚至質疑把他造出來
只是為了好玩
夏娃則投訴她只得一個零件
不是虧欠得更多嗎？
那天兩個又吵鬧起來

男的説不知誰會娶了你這個醜八怪
女的説不就是那個賤男求婚的惡果
這樣也吵着了許多許多年
他慶幸預先編入年限
機械人會自動報廢
到時，實驗室會恢復安寧
一切在掌控之中
可誰知機械啓動了一陣
會自己複製
更多的阿當和夏娃
而且不停演化
説着不同的語言

第七個

他是我這個星期遇上的第七個
喪屍，他被我嚇了一跳
側起右肩，咧開嘴巴
露出腐齒
老半天沒擠出一句話
我安慰他：還有甚麼好怕呢？
每周兩齣恐怖電影
釋出禁制多年的病毒
成為野心家的
生化武器
隨着群眾去攻佔一個城堡
不然，沒有躲藏的地方了
樓價不停暴漲
你的一位前輩，多年前
不是捧着棺木，他所有的家當
在天亮前，苦苦尋找一個邊邊的劏房？
幻視，偏聽，暴躁
而且心率不正
煙酒太少，睡眠過多
肉身把你禁錮
空氣，經過基因改造
難怪你害怕日照，可又不敢夜出
再找不到回家的路

死不安樂，生又何苦
沒有一種針藥可以把你治癒
他聽了，說
你呢，你怎麼不自己照照鏡子
照了，別擔心
我從不在鏡子裏出現

隧道

寒夜趕回家
跌跌撞撞走下陰暗的隧道
才走下就後悔了

拐了一個彎
一個失明人在拉二胡
旁邊一個女孩在微光裏看書
我迷了路
是琴聲引我下來麼

我放下紙幣
女孩抬起頭，說謝謝
清秀的臉，兩顆大眼睛
在夜光裏閃耀

琴聲幽咽不斷
像絲線，一直牽引我
走到長長的
迷宮的盡頭

我看見外面微弱的星光
回過頭來，隧道消失了
那是我迷離的幻覺？

做一頭長頸鹿就好

小時候逃學
沿着巴士的路線
從旺角走到牛池灣去捉金絲貓
牢記着走過的豪宅
其中一座大門有金色的銅環
一列圍牆，那時就希望
成為長頸鹿
可以看看牆內的甚麼
一個隱蔽的國度
也想過成為離家外溜的貓
但想到圍牆高我兩倍多
貓也未必跳得進去
說不定還有大狗呢
還是乖乖做一頭長頸鹿的好
長頸鹿，那時只在書本上見過
牠的頸為甚麼這樣長
矮小的班主任說
有些動物生來就這樣怪相
別以為這樣就接近天堂
我可是想，不過因為長期
希望看高一點看遠一點罷了
看見圍牆，心就安定下來
知道沒有走錯方向

這樣想着，有一天
我就真的成為了長頸鹿
把長頸伸進圍牆內看個夠
大狗嚇得夾着尾巴亂跑
一次母親問我
怎麼開口夢會説長頸鹿呢
荔園可沒有長頸鹿啊
只有金錢豹、大象
我的秘密，被她識穿了麼？
我的頸馬上縮了回來
然後，我長大了

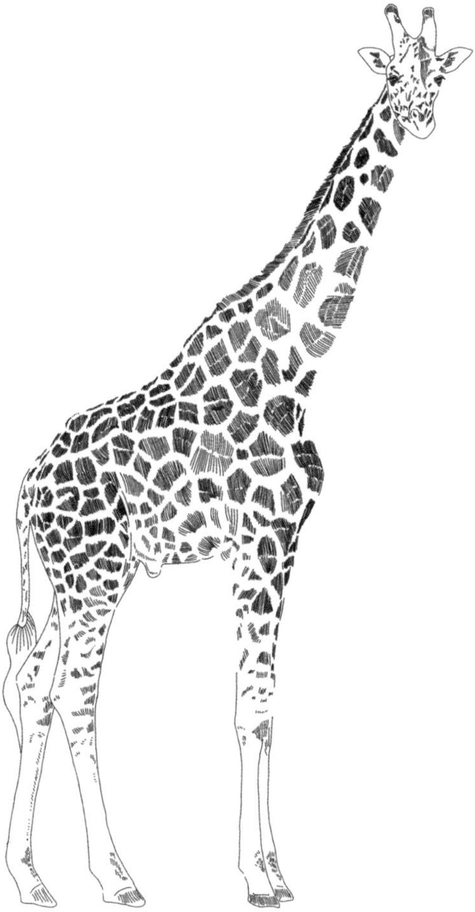

自稱

我遇見一頭羊
咩，牠自我介紹
我很失禮
難道我說：人？
那麼簡單的一個字
連我自己也搞不清楚
這個東西是甚麼傢伙

和我同住的貓
也會這樣自稱：
喵
當我跟牠說：喵
牠大概當我是鸚鵡
在動物醫院裏瞄過
神經病，牠掉頭走開了

自
稱

我是一隻不會走路的狗

我是一隻不會走路的狗
一出門口就要抱抱
我的遠祖
在草原上奔跑
獵殺斑馬、野牛
然而也被其他猛獸獵殺
被野蠻人馴服
把我們拴在門口
吃他們吃剩的骨頭
日子真不好過
我們其中最點慧的一個
搖尾表示順服
汪汪地由近而遠
直傳了百多代
讓人類相信：我們是最忠誠的伙伴
追隨他們打獵，看守他們的門戶
分擔他們可憐的寂寞
當人類自己整容，也把我們改造
身形變小，手和腿縮短
嬌俏得像貓
每個星期一次美容
把我們噴成香得可以令人暈倒
修剪、按摩、足浴

再穿上鞋子
走起路來婀娜軟美
工作，可都成了依稀的記憶了
我們坐上了嬰孩的轎車
乖乖，坐穩了啊
人類終於成為孝子
會說我們的語言

看見蚊子

早上，他看見一隻蚊子
站定在波尼切尼的花叢裏
好像還沒有決定去叮誰

午間他看見牠仍然站在那裏
是仍然在為下一口計算
四五個都是美少女

吃飯的時候，看見牠動也不動
他笑說外人會誤會
一隻蚊子寧願欣賞名畫

睡覺的時候，蚊子
叮去了他的夢
他整夜沒法閉上眼睛

他的瞳孔放大
眼醫說，做了激光
波尼切尼的蚊子飛走了

阿普在玩 lego

阿普在玩砌積木
從美洲砌到歐洲
從美國砌到中國

他一個人坐在遊樂場裏
翹起雙手
呶着嘴
喊着爸爸媽媽
給我積木，更多的積木
砌到墨西哥去
否則就不回家
他的爸爸和媽媽
早就為這頑孩
吵得家嘈屋閉
前後辭退了九個保姆

我和我的花貓打賭

我和我的貓后打賭
牠要是躲進書櫃的後花園
不肯去修剪鋒利的指甲
每月一次，要是
一直躲，躲到西山日落
那我就讓牠退出朝廷
在宮外耽一個晚上
如果喜歡的鮪魚牠忍住了口饞
電筒的閃光也不飛撲
乒乓球滾進來被牠識破
牠難道也懂得割離、捨棄的道理？
這個聰明的皇后，脾氣並不太好
總把遲來的小花當隨婢看待。
不過多年來，贏的總是我
因為牠多逛一陣就忘了
為的是甚麼，好奇外面
又有了新玩意啊也許又擔心
小花進佔了自己的后座
一出園外，只好乖乖地
被我逮到貓店去
但這一次，牠蹣跚地
向花園走去，叫喚她的名字
可頭也不回，一去

許多年，連小花也等着發獸
牠的指甲一定比西太后還要長
牠勝了，最後一次，但還重要麼？

審判

K被審判的時候
他的妻子兒女不在場
親戚朋友不在場
也不知道他是否在場

在場有審判他的法律
這就夠好了
審判告訴我們
他認罪了

他認罪了
這就夠好了
妻子兒女、親戚朋友
終於有了答案

蘇格拉底受審

蘇格拉底的靈魂在肉體裏多耽擱三十天
理由是宗教的活動，不宜行刑
他有點沮喪，卻又有點欣喜
他可以，像某些雅典人說的
敗壞更多的青年
多敗壞那麼一天
也是好的，即使在牢獄裏
靈魂是否不朽，或者
像物流那樣可以轉移
肉身又是否那麼微賤
其實不可知
靈魂？或竟是臨終的發現
的確有點神秘主義
難怪成為無厘頭的演員
難怪他的罪名是：
否定城邦供奉的神，教壞青年
好一個異見分子
真正受審的，還不是
我們的良知
是否貪利怕死
奉承權貴，晚而失節
是否，隨意失憶？
不是說群眾最看得清楚

但這年代，只有
十分一人有權投票
不肯流放，又不做逃犯
罰款麼，拒絕朋友弟子的集資
真拿他沒法子，那麼
就認真地為自己申辯吧
但他說：人的一生
豈不都見諸行事
還需要託之空言？
大家圍着他
聆聽他，記錄他
他其實喜歡説話，説反話、俏皮話
可不懂造假，往往
光裸着腳走來
拖着泥塵，也不洗澡
沾污了富人的地氈
用連串問題來煩人
要是拒絕回答
善和美是否就會流產？
又愛和甚麼都知道的名嘴抬槓
撕開他們胡吹巴啦的嘴巴
內裏，似有實無
讒巧黑白，收酬補課
竟可以上市
當然，他首先承認
自己的無知
要財閥、大商家承認
是否太難了呢，要傲慢的

政客認錯下臺，自是廢話
這是，我們與智慧的距離
至於詩人，玩弄修辭
別以為就懂得一切
真正入了獄，繆思
才施施而來探監
難得他終於沉默起來
除了他會站定出神
渾然不知時間過去
他喝了毒藥
大家在等待
一個哭得死去活來
就在靈魂要離開前的一刻
他忽爾坐直身子，說：
我欠人一隻公雞
記得替我還債

辯證術

1

他向大家宣佈自己的餐館
是最地道的私房菜

2

他偷偷地把喜歡的兩頁書撕掉

3

他的學術地位最了不起
因為內容與形式的一致性
他研究他自己

4

他從來不相信鏡子
因為鏡子總把他
照醜了

5

他從胃部拔鎗
把多放了鹽的廚子射殺

美國行十首

前言

　　美國行寫了十首，是 2019 年隨西西往美國俄克拉荷馬領紐曼華語文學獎前後之作，三月間已完成。我們是初次到美國去。隨行的還有區結成醫生。他聽到西西因當時身體不佳，希望有一位醫生同行，毅然答應一起去。妙在區醫生本身也寫詩。同去的還有何麗明教授，而費正華博士已先到了。此外，有興趣同去的還有紀錄片《候鳥》負責後期製作的年輕人彭昊天，以及攝影的麥凱喬。接待我們的是石江山教授，一位漢學家，出過本中英合調的《吟歌麗詩》。款待我們的，還有一位年輕學者朱萍教授，親切而通情。紐獎的贊助人是紐曼先生，一位比西西年紀還要大的長者，可精力充沛，幽默活潑。他和長女一起頒獎。其中一晚播映了《候鳥》，是美國首映，反應不錯；主持的是俄大的電影教授葉曼豐，後來知道，葉教授原來是鄭樹森教授的舊識。要之，這是一次很愉快的旅程，且是難得的經驗。我的詩寫得不好，總算是一種詩形式的記遊，嘗試用不同的方式寫。

1 填表

我們知道成功的母親叫失敗
可沒有人知道他的父親

是誰，難道失敗這女子
是女權主義
成功是單親，是私生兒
是 Me Too 的產品？

但換個角度
這可是一個勵志的故事
他不是富二代
他沒有光彩的門楣
他是從前人的錯誤裏出發
他學習
他奮鬥，他
扭轉了自己的命運
成為了一個獨立的人

這樣想，真是愈想愈亢奮
問題是我正在申請美國的簽證
愁對要填的表格
人的一生要填多少這樣那樣的表
申報利益、檢討出身
反省前生
判斷來世
別人就替你做一個總結
要是在父親一欄上填上：不知道
你以為會怎樣？

難道你解釋英雄莫問出處
或者母親年少無知，可憐啊

她一個人承擔了所有的罪咎？
難道你會說
自己是試管嬰孩
單性繁殖？

不知道？這裏面一定隱藏了
不可告人的秘密
威脅社會
沒有來源的東西
在這個瘋狂的時代
誰敢接收？

這樣想，真覺得自己未上路
不過填表罷了
已經瘋癲

2　當醫生遇上詩人

當醫生遇上詩人
他不會問
句子是否長了肉瘤
他不會問
文法是否健康
他不會問
節奏是否患上腸胃炎
他不會問
結構要否開刀

他不會問
題旨要否排毒
情韻呢，他不會用一把尺去量
他不會很哲學地看
不會只看一眼就走開
認定無可救藥
他會問
別來無恙
能夠寫詩就好
一切不成問題
一切正常

3　過關

過海關的時候要脫下鞋子
慶幸我換下了破洞的襪子
關員要我抓着錢幣
對着鏡頭舉起雙手
然後又前後摸了我一下
我想發笑，但想到
他那麼凝重的神色
怎敢不收斂配合
有一年我們到馬來西亞的沙巴
跌跌撞撞出了海關
發覺沒有蓋印
怎麼已經出來了
連忙跑回去

可專責的關員已下了班
另一個說：明天再來
哭不得，我只好笑
這一次，徹底地檢查
轉機時又檢查一遍
一個胖子除下皮帶
死死地挽着褲子
奧斯威辛之後
實存已失去合理性
詩人，還會寫詩麼？
911 後，詩人也不能擺脫
恐怖分子的嫌疑
詩，不再為萬物命名
不再是通行證

4 到了

從雲層上俯看
灰黃的大地
也有片片的綠叢
降落了
只見疏散的樓房
都是一二層高
最高的是教堂
這在我們的地方
樓宇聳天，最矮的
卻是進香的廟宇

路走得很順暢
(兩位年輕人從洛杉磯入境
駕車二三十小時來會合
希望他們也順暢平安)
百多年前，這可是淚路的終點
百多年前，我們的城市
從海盜的漁村開始搭建
文明，從來走的不是一條直線
曲折，委婉，調協
時而在路口迷失，終於
到了，石江山教授在門外等候
我們原來走回了
絕句的唐朝

5　松鼠遇上詩人

松鼠太太坐在木椅上早餐的時候
總看見學生背着　囊書本
拎着飲品走過，一直
彼此靜安，雖然下着微雨
但難得天氣及時回暖
漫長的冬天終於過去了
可這次一小群陌生人在草坪上
忽爾停步，還有人走近拍攝
這其中年紀最長的一個女子
原來是紐曼華語文學獎的得主
卻孩子那樣驚呼

據說每兩年這個時候
就有那麼一個用漢語寫東西的人
從老遠來到場館
讀兩三段小說，讀幾首詩
今年剛好是三八婦女節
她到來，是準備讀詩啊
真是好一場偶遇
你居住的地方，難道沒有松鼠
可不可以為我們
寫一首松鼠詩？

6 紐曼先生

八十八歲的紐曼先生對八十二歲的作家說：
你只是小女孩
他這男孩，原來也不過是早一點面世
他聽她讀蝴蝶詩
就說蝴蝶大量減少了
可會給她靈感寫詩
她說，這不就是

他昨天出席研討會
坐在最前的位置
晚上的紀錄片接近三小時，他看了多少？
之前他的女兒說
他會在電影途中打瞌睡
我也會的，我就是到電影院去
好好地治療我的失眠
翌日，紐曼先生又參加讀詩會了

頒獎的時候
他隨意發揮講了好一陣子
居然還記得我的名字
知道她的右手不靈，又有點累
放下手杖
替她捧着獎狀
後來對我說：
她很乖，沒有搶玩具

7 可以不可以

的確是遊戲罷了
可以說
一窩保護銀河系的領袖
打算用
一萬萬頭導彈交流
還檢閱了參加競賽的
一隊隊人工智能
一夥派對，速遞
一塊塊融化的冰川
到雞尾酒杯裏
一地地震
一海海嘯
都請來為舞池伴奏
一頂拒絕下降的雲
原來被囤積起來
一點添加劑
讓空氣不致那麼乏味
表決還擔心甚麼呢
這世界，一張選票
不過區區一百港元
的確可以說
一局遊戲罷了
認真你就輸
一直玩到世界末日

大人物的遊戲

一味裝腔作勢
一場熱鬧
一噸的寂寞、恐懼
一個人寫的詩、小說
看來雞毛蒜皮
不可以爭勝
差可挽回普遍的人性

8 衣著

她的衣著樸素，但得體
她對縫製毛熊的作家説：
我喜愛動物
所有的動物

太樸素了，簡直寒傖
來自廣西的幾個大媽可能會説
這可是老爸隆重的頒獎場合。
她們穿同一艷彩的旗袍
高跟腳，何似觀光旅行
走起路來直是表演
走進正貨的免稅店
配合搖旗帶隊的阿珍姑娘
然後拎着物品坐在門外
有的，跟大叔一起抽煙
我這一失神
就回到老家這些擁擠的來客之中

問客從哪裏來
廣西，我們也反對吃狗啊
看着對面有人蹓狗
狗，多麼可愛，一個插嘴
我也養着一隻小寶貝
又不是沒得吃的

9 龍捲風

原來這是逐龍者住過的地方
牆上懸掛着他們的照片
我看過那電影
原來是真實的場景
風來，調皮的會戲弄房屋
替它們交換上蓋
暴躁起來，就把拖拉機拖起
把牛隻捲到半空裏旋舞
這些逐龍者馬上驅車撲去
把電子感應器
扔進風的漏斗裏
收集風速，分析數據
不是想把風從天上逮下來
而是要和一頭不好脾氣的龍
協商，就得理解它的生活

而我如今坐在風眼裏
安靜、祥和、溫馨

一個人在客廳裏守候
晚上十時旅舍關了門
兩個年輕人還沒有回來
甚麼吸引他們流連在冷風裏

凌晨，我們要走了
詩，始於疑問
以疑問，在旋迴的過程裏
偶然靜止，沒有終結
把我們吹來，把我們送去
兩個年輕人稍後也駕車上路
從俄城到天使城
由科技導航，可也要直覺
要留神方向
在途中，他們告訴我
鄰近又刮起了一陣龍捲風
沒傷人畜

10　回家

我在航機裏半睡半醒
看了三齣半電影
一齣一個粗魯的白人
受僱載着黑人音樂家到南方演奏
一個富裕、溫文的黑人
在傲慢裏收藏起孤寂
不可告人的感情

回家後兩個人成為朋友
跨越了階級、膚色

六十年代，上世紀
真老套的故事，但真過去了麼？
我時而轉臺看飛行的途程
看在地的時間，時間
不斷變換，時而
又重返起點
飛過不同的國度
不同的語言
地差，有了快捷、平安的物流
就不成問題
只需回到
我們成長的城市
燈火閃爍着繁華
我們知道，是陰暗的烘托
美麗，生自醜惡
現實有太多的紛亂
還沒有解決的答案
可又，不能割離
我彷彿已經聽到小友
低吼，怪責我久不回來
小腿踩在我的腳背
然後很快又跳到我的膝上
呼嚕呼嚕地睡去

扮一塊石頭

　　退休前在上班的地方偶然認識一對兒子弱智的父母，
他們告訴我正為兒子申請中度弱智人士宿舍；九年後重遇
其中一老，問起她的兒子，說仍在等待宿位，且遙遙無期。

我想和石頭交談
但石頭不睬我
不睬我沒問題
其他人也不睬我
有些頑童甚至向我扔石頭
我就扮石頭好了
我不過想知道一塊石頭
要怎樣扮才扮得好
所以要向石頭請教
石頭是否也有心事？
當別人說它醜
它會否難過
說它弱智
會否覺得羞愧
但石頭也有好處
沒有人會說它連累父母
我聽到來鄰居的阿姨低聲說
石頭會聽不到
石頭，可以無父無母

大石頭也不會欺負小石頭
因為都不過是石頭罷了
寧靜無事地過日子
白天黑夜，總仰望着天空
老師教我許多東西都忘了
只記得他說那些閃亮的星星
也不過是石頭
眨着眼睛，明白一切
接受一切
所以我想做一塊石頭
儘管內裏是軟糖
但有石頭的外表

孔林裏的駐校青蛙

孔林是一座龐大的校園
咯咯咯你說，像教書
夫子的子孫都在聆聽你的故事
真是魯班門前，夫子說過
人之患可沒有說青蛙
亦各言其志罷了
你承傳了第三千三百代祖先
的話語，咯咯，咯咯咯
一直如此這般堅持
時代丕變你就是拒絕
當年夫子寫作春秋，沉吟
弟子能明白了麼能貫徹了麼？
有的只會點頭，有的只是莞爾
年輕的一個，不斷請教學長
年長的一個，表示懷疑
到頭來身體力行倒也不錯
可有的，沉沉睡去
醒來就發表狡黠的異議
其中最留神用功的一個，卻早死了
天喪予天喪予
弟子領會不同，還互相爭辯
守墓三年就各自散去
只有一個，在墓旁多住三年

為老師發言，這可不是觀光的景點
他也終於離開了
大家留下筆記，由再傳弟子貫串
夫子的片言隻語，你說
記錄沒有上文下理，又良莠不齊
出現不同的版本，分歧的解讀
後世呢一面尊崇夫子另一面
卻各取所需，你可知道
這說明夫子並沒有亡故，只是
當年在古槐下
我的遠祖親聆過老師
咯咯咯，要子孫記住
我們是最後的旁聽，是唯一的見證
你本來也守在墓旁可近年
香火瀰漫，為善信祈福消災
你嗆得遠遠躲到叢林去
講座，開在蕭森無人的靜夜裏

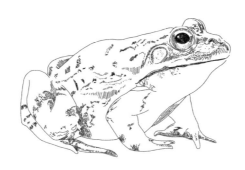

九龍城碼頭

牠們一直在木樁上守待
下面冒失的游魚
輪船滑過翻起浪花
牠們也翻飛起來
然後又降落在木樁上
交換了位置
跟碼頭上垂釣的人比賽
天氣轉冷了，黃昏時我再來蹓躂
牠們都走了，或者
只是暫時躲避風寒
偶爾還見一隻蒼鷺
看着流水，孤單，蕭穆
近岸的地方，風暴之後
漂浮大量的碎屑

今年這樣暖化的天氣
二月初，又看見牠們回來
旁邊的公眾碼頭
擠滿了遊客，領隊在呼喝
送一團團人上船
有的穿着同一式的旗袍
穿高跟鞋，化了艷裝
有的戴同樣的小帽

不少拎着免税的正貨
碼頭上蓋已經拆卸了
舞蹈家曾在上面舞蹈
白鷺曾在上面棲遲
幸好，拆不了下面的木椿
這浮城就靠這些支撐着

九龍城碼頭

117

全巴黎最美麗的動物

你是全巴黎最美麗的動物
加西莫多和我都同意
他曾向你傾訴
對一個吉卜賽少女的愛戀
你吐舌，捧着兩頰
沉思了好一回，說
世人，豈不都認為你醜怪？
駝背，短足
說話期期艾艾
涕淚漣漣的浪漫
世人，真懂得愛麼？

你飽歷滄桑，「巴黎燃燒了？」
你仍然牢守在你誕生的故鄉
雖然你有一雙翅膀
你一定曾經鼓動巴黎人反抗
君臨的納粹狂魔
孌童、貪慾的主教
這難道就是愛的一切？
當我們遇到困難
同樣不願離開成長的地方
雖然我們甚麼也沒有
也不奢望生出翅膀

那吉卜賽少女也真會巫術
每逢災難，法國人就拼命閱讀
文字修辭難道就是庇護所？
這聖殿真的可以抵擋
新科技無孔不入的監控？
她認識的一位詩人
不過是乞丐
也會奉承權力
加西莫多不會書寫
但他在塔樓上游走
曾經多麼順適

世人真懂得愛麼？
你曾經這樣詰問
許多年前，我們攀上塔頂
像加西莫多那樣向你靠近
下面是喧嘩看熱鬧的人群
還是覺得你最恬靜，最漂亮
仍在思索着人世的答案
這一次，又遭火劫了
屏幕裏看到縷縷上升的煙火
可找不到你的身影
神，真的把人類捨棄了麼？

我是一隻和氣的雞蛋

我是一隻和氣的雞蛋
為甚麼把我扔向你的敵人
那些玻璃、牆壁、銅像
都沒有靈魂
而我是有生命的啊
長大了，可以成為守護家園的公雞
或者母雞，生更多的蛋
就是被人吃去
當早餐，也是一種貢獻
雖不值錢，何必無謂犧牲
如果你不喜歡雞蛋
就送給撿紙皮的老婦
為你贏取朋友
這城市，庫房暴漲
弱者可沒有股份
以生物撞擊死物
試想想，是否化算？
是否有違初心？

附記：

　　大衛對抗巨人，扔的不是雞蛋，那時候的母雞當然
不會不下蛋，但絕對不會想到把雞蛋當武器，一種自殺式

的武器。你扔中了，又怎樣呢？難道對手會住院一星期？
從神話時代起，人們就看不起雞，神話告退，奇怪連雞
蛋也看不起。何以看不起雞，真要喜歡考證的人考證一
下。聖經裏，那隻實踐上主的預言，某某三次不認主的，
是同一隻公雞，一次不足，其可再三乎？這隻公雞倘向天
庭投訴，為甚麼要我做稱職的幫兇？喔喔喔，何必偏偏揀
選我，難道雞也有原罪？到了感恩節，洋人專吃大號的火
雞。明知道火雞又韌又乏味，吃的其實是醬汁。不過不吃
火雞好像就沒有感恩的誠意。難道感恩的是火雞，牠犧牲
自己，為了贖罪？這時節美國白宮竟有赦免火雞的儀式，
太好了，不過為了讓火雞知道牠獲得特赦，應該用火雞的
語言宣佈，喔喔喔，喔喔喔。

在校讀書時，我吃過零雞蛋。可那是紅色的，繪畫的
雞蛋。要是真的雞蛋，我會對老師說，謝謝，我今天還沒
吃早餐。對一位淑女，你要是說她是雞，這是沒教養的侮
辱；一位對子女生氣的母親，充其量會說，我不如生一塊
叉燒，而從來不會說，我寧願生個雞蛋。

對雞公平些，對雞蛋，要愛惜，要有同理心，要冷
靜。真要潑水，可千萬不會把嬰孩也潑去，天曉得有些人
亢奮起來，連自己也潑出門外。

今人扔雞蛋，多少來自村上春樹的雞蛋與高牆之喻。
他以為雞蛋是弱者，扔吧，他站在雞蛋一邊。要咎的不是
牆，而是蛋。這位作家，我一直不通電，不通電，我有我
的判斷，那是沒有辦法的事。我多年前到過以色列，曾訪
一位猶太人近加沙的家。那是中產的住宅。宅前建了一
列圍牆，並不高，只有三呎左右。他說是怕外面巴勒斯坦
人扔東西過來，甚麼都扔過來，總之不會是雞蛋。然後以
軍會一輪炮火還擊。不會殺傷無辜？不會，那是targeted

killing。圍牆何以不建高些？那是保護孩童，大人呢，會保護自己，我們，不論男女，全是軍人出身。

後記

　　許多朋友説我的詩屬於甚麼的知性，詩家黃燦然甚且説我是香港絕無僅有的一個。這一個，如果我是阿Q，我會感覺飄飄然。這可能是説我部分的詩所表現的傾向吧。但其實我不太理解知性感性兩者的分野，也不清楚知性感性是否截然。我只是一直想用自己的方法，寫自己的感受、自己的想法。我總是從一個句子、一隻私隱的長頸鹿、一隻喧噪的青蛙，或者一塊石頭開始。我做詩獎的評審四十年，坦白説，我其實看不懂許多年輕人的詩，近年尤其如此，晦澀，從一個意象跳到另一個意象，扭了又扭，近乎意識流，近乎而已，意識流自有嚴格並且嚴肅的界定。我看不懂，當然不一定就是壞詩，有的只能説錯過彼此。我的看法很清楚，一直承蒙主辦詩獎的機構不棄，許是要在主流之外保留一種異見也未可知。當看不懂的詩愈來愈多，我應該讓賢。

　　不過我仍想提一點意見。要是這是個朦朧、不可理解的年代，──的確有過這樣的年代，詩不可理解也就可以理解。否則就難怪詩集沒有更多的讀者。今天寫詩的人可能比寫作其他文類的多，然而辦詩刊的朋友告訴我，連寫詩的人自己也不一定買詩刊。當讀者比作者少，是否要認真想想？

　　這無關討好讀者的問題。長期以來，有一種説法，以為水至清則無魚，則豈知水而至清，並不是易達的風致。何況，我們到底是看水還是看魚？不清的水，又何嘗見魚？水是形式，是載體。為甚麼不是水清而見魚？

　　我並不排拒超現實的作品，相反，我喜歡不少超現實

之作。所謂超現實，不過是手法，是不同形式的水。出色的作品，多數都有現實的基礎。一如上世紀六十、七十年代拉丁美洲極出色的小說，寫作的手法是所謂魔幻寫實，天馬行空，真假、死生一爐而冶，可並不晦澀，可感、可解，因為源自生活，甚至比寫實之作更貼近生活。生活是廣闊的，既甩不開傳統與現實的背景，更融通個人的想像，接受新的衝擊。表現生活，樸素的可以，華麗的、鋪陳的，又有何不可？

　　我自己呢，無非想寫得適意、自在。自在，我以為很重要，做人也是這樣，如果簡單，犯不着化一個「我不簡單」的妝。一個人早過了知命之年，又仍然寫詩，就要知道自己的長處，同時明白自己的限制。這個知命，我是這樣理解，那不是命定的意思。五十歲後仍然不清楚自己，説來也夠可憐。而自在的先決條件是自由，文學藝術如果沒有自由，還有甚麼好説的。但自由也並非一無限制，莊子的所謂逍遙遊，那是無待而遊於無窮，那是神人的境界。凡人總需有所憑藉，有先天和後天的條件限制，那境界實不能至，但不妨心嚮往之。譬如退休後，看來卸除工作的責任了，但喜歡的事不見得都可以做到，不喜歡的事，只能盡量不做。無論寫詩與做人，你想自在，很好，只能斟酌盡力。

　　我不以為寫詩有甚麼了不起，我無需這種自吹自擂的激勵。我受過一點點詩的教育，知道過去的人認定詩可以興觀群怨，近人呢，以為詩可以磨利語文，啓迪想像，深化感性，提供另一種觀看現實人生的眼光。一個沒有詩的城市，的確很可悲。話是這樣説，環視大多數人的現實生活，卻根本無有詩，沒有詩的日子，未嘗不可以合情合理地「生活着」。好的詩，可能對人生有一種洞見，但難道還有人像荷馬孔子的時代那樣，從詩裏尋找生活的知識；或者詩人像雪萊

那樣，相信自己為萬事萬物命名？寫詩的人，也不見得都是道德上的好人。

不過，從另一面說，我以為寫詩還是有意義的，意義和價值不同，意義會因人因時因事而異。即使很壞的詩，要是出自親兒的，父親不會以為李白杜甫之作可以替代；情人的作品，對情人來說，更不得了。好爸爸和有情人，怎會甚麼都拿文學史的價值來衡量。我記得小狗會跟隨大狗吠叫的說法，小狗不會因為大狗的咆哮而自卑得噤聲。牠的吠叫，也許誰也聽不到，也不在意，卻是一種自我的完成，不是大狗所能取代。

至於創作的人，他的發聲，也是一種自我的完成。而創作是審美的活動，最可惡的人，在創作的過程，奉承取媚的不算，在文字構建裏，吟沉推敲，會融入一種純粹自足的世界，此世界非魔鬼世界，只容天使，那怕只是暫時降臨的天使。離開了，還是好歹常人一個。要是他的創作，竟也有兩三個非親非故的賞識，觸動他們，那不是很美妙的事麼？再進一步說，倘作品竟也有人研讀，那就更有寫作的價值。當然，心存這種念頭，人就不再自在了。寫詩的人，我想，必須保持清醒，時代畢竟不同，可不要自大，可也不要自卑，更不好自憐。

寫了許多年，難免自以為這方面有一點能力，既然自我感覺良好，其實也別無所長，就一直斷斷續續地寫，只是發表的不多。本書所收七十首，只是多年來大部分能夠找到的積聚。不常見的朋友總問我退休後忙些甚麼，世事紛紜，我就請他們看看我心神寧靜下來的部分工作。

書中各種動物，如果詩不好看，就看好看的繪畫吧，這是余穎欣的作品，感謝她。

後記

責任編輯：羅國洪
封面設計：張錦良
內文插圖：余穎欣

孔林裏的駐校青蛙

作　　者：何福仁

出　　版：匯智出版有限公司
　　　　　香港九龍尖沙咀赫德道2A首邦行8樓803室
　　　　　電話：2390 0605　　傳真：2142 3161
　　　　　網址：http://www.ip.com.hk

發　　行：香港聯合書刊物流有限公司
　　　　　香港新界大埔汀麗路 36 號中華商務印刷大廈 3 字樓
　　　　　電話：2150 2100　　傳真：2713 4675

印　　刷：陽光 (彩美) 印刷有限公司

版　　次：2019 年 11 月初版

國際書號：978-988-79783-2-9